Nachgeburt. Eine Fanfiction
von Simon Lewis Lanz

— Nachgeburt —
Eine Fanfiction

Simon Lewis Lanz

Herstellung und Verlag:
BoD - Books on Demand, Norderstedt
ISBN 978-3-7386-4766-2

Copyright © 2015 by Simon Lewis Lanz
Simon Lanz Art, www.simonlanzart.de

Für den Whocast
Ja, es ist absichtlich schlecht.

„Ich habe Suppe gekocht." So liest sich die Nachricht, welche Martha findet, als sie aufsteht. Ihre Schwester Donna ist nirgends zu sehen. Vermutlich ist sie draußen unterwegs. Doch ein verführerischer Duft vom Kamin her bestätigt was sie schreibt.

Es folgt eine weitere Wahrheit. „Sie wird nicht ewig heiß bleiben, also sollte man sie jetzt essen."

Da muss Marthas lange entwöhnter Magen zustimmen. Gierig greift sie zu. Mangels Tisch oder Stuhl wird die Mahlzeit dann im Schneidersitz auf dem kalten Boden verzehrt. Martha nimmt noch einen Nachschlag und setzt die Lektüre fort.

„Frage nicht, woher ich das Fleisch dafür habe sondern nimm Platz und genieße diesen seltenen Luxus, während ich diese Geschichte erzähle."

Wie gut, dass sie mit dem Essen auf diese Erlaubnis gewartet hat. Sie ist überrascht, dass ihre Schwester überhaupt Nahrung gefunden hat. So stellt sich die Frage nicht mehr gesondert, wie es gar Fleisch sein kann. Doch das wird die Geschichte vermutlich erklären, die Donna teilen möchte.

„Ich nenne Jenny und Brandon Gardener meine Eltern. Ich bin mir nicht sicher ob sie mich ihre Tochter nennen würden. Sicherlich müssten sie das. Immerhin sind sie voll Überzeugung die Eltern meiner Zwillingsschwester. Wir teilen dieselben Gene. Zweifellos teilen wir auch dieselben Eltern.

Sicherlich, offiziell nennen sie sich selbst meine Eltern und mich ihre Tochter. Sie sind unzweifelhaft meine biologische Mutter und mein biologischer Vater. Doch es gibt etwas über meine Mutter und ihre beiden Töchter, das nur sie, ihr Mann und ich wissen."

*

Als Donna ihrer Schwester das angesprochene Geheimnis verrät, setzt sie das Vorwissen ihres gemeinsamen Lebens voraus. Bevor jemand verstehen kann was sie erzählt muss er den Werdegang der beiden und ihre Mutter kennen.

Jenny war Teil der Kriegsgenerationen, den ersten Menschen und Fischmenschen der galaktischen Kolonie ihrer Heimatwelt. Diese Leute wurden nicht geboren oder gelegt, sie wurden generiert von gentechnologischen Apparaten. Ein Unfall ließ den Zweck ihres Daseins, das Terraforming und die Kolonialisierung einer unbewohnbaren Welt, in Vergessenheit geraten. Stattdessen interpretierten sie die Situation als Jahrhunderte dauernden Krieg zwischen den beiden Spezies. Und so kämpften sie über viele Generationen, was bei all dem Blutvergießen und der ständigen Generation neuer Krieger etwa eine Woche bedeutete.

Jennys genetisches Material wurde aus eine Zellprobe generiert, welche die Menschen von einem zufälligen Besucher nahmen. Die Frauen haben ihren mysteriösen Großvater nie getroffen, obwohl sie nach seinen Begleiterinnen benannt wurden.

Der Besucher war nicht lediglich mysteriös, er war noch nicht einmal ein Mensch und sicherlich kein Fischmensch. Vor allem war er aber friedfertig und so konnte er nicht mit ansehen, wie sich Menschen und Fischmenschen bekriegten. Tatsächlich schaffte er wie durch ein Wunder Frieden und setzte das ursprünglich geplante Terraforming in Gang.

Der fanatische Anführer der Menschen jedoch, das Thema jedes Geschichtsunterrichts und beliebtestes Beispiel für das Böse, versuchte ihn aufzuhalten. Dabei erschoss er Jenny und ihr Vater war gezwungen, sie zurückzulassen. Immerhin konnte er nicht ahnen, dass sie kurz darauf dank des beginnenden Terraformings reanimiert werden würde.

Wurde sie noch als Soldatin geboren trieb Jenny in ihrem zweiten Leben eine neue Direktive an: die Güte ihres Vaters. So zog sie los um wie er maliziöse Kreaturen zu besiegen und Zivilisationen zu retten.

Sie tat Gutes und sie erreichte ihr Ziel mit großartigem Erfolg. Ihr Wissen als Kriegerin half ihr sehr, doch das genügte nicht immer. Ihr zweites Leben währte gerade einmal ein paar Wochen. Dann starb sie erneut. Nun zeigte sich, dass sie von ihrem Vater noch etwas anderes geerbt hatte: als Mitglied seiner Spezies konnte sie nicht sterben. Wann immer ihre Biologie versagte aktivierte ihr Körper enorme Energiereserven, mit welchen ihr Erbgut von ihren Zellen neu interpretiert wurde. Sie mochte in jedem ihrer Leben anders aussehen, sich dezent anders verhalten, doch sie lebte. So führte sie ihre Aufgabe fort, obwohl sie achtmal dabei das Leben ließ.

Schließlich aber, nachdem sie lange auf diese Weise gelebt hatte, wurde sie müde. Sie kehrte zu ihrem Heimatplaneten zurück, wo sie Marthas und Donnas Vater Brandon Gardener traf. Sie hatten millionen gerettet und zahllose glücklich gemacht. Nun war es an der Zeit, dass auch sie ihr Glück fand.

Tatsächlich dauerte es nicht lange und das Paar erwartete ein Kind.

*

„Und das ist wichtig, Martha, ›eines‹. Mutter war ausschließlich mit dir schwanger, nicht mit mir. Ich kam erst deutlich später dazu. Du wurdest geboren, doch ich nicht. Als die Ärzte versuchten, deine Nabelschnur zu durchtrennen wuchs diese unter hellem Leuchten wieder zusammen. Es war dasselbe Leuchten das auch auftrat, wenn Mutter starb.

Da Mutter nun einmal nicht menschlich war akzeptierten die Ärzte, dass Du es auch nicht sein würdest. Sie konnten die Verbindung zur Plazenta nicht chirurgisch trennen, also würden sie warten, bis sie sich auf natürliche Weise löste, was auch bald geschah. Dann jedoch folgte etwas unerklärliches."

*

Was niemand der Zeugen verstand war, dass Angehörige der Spezies von Marthas Großvater keinen Mutterkuchen benötigten, um ihre Föten mit Nährstoffen zu versorgen. Doch menschliche Embryos entwickelten sich zunächst als Fortsatz einer Plazenta. Als die Natur sich nun einem Organ gegenüber sah, das den ersten Entwicklungsschritt eines Wesens darstellte und dazu einem fertigen solchen Wesen handelte sie radikal, als sich die beiden trennten.

*

„Als sich die Nabelschnur von deinem Körper löste, begann die komplette Plazenta zu leuchten und sich zu verändern. Ich sollte aufhören, sie so zu nennen, denn was sich daraus entwickelte war ich."

*

Lange erfuhren die Kinder nichts von all dem und wuchsen in dem Glauben auf, sie seien ganz normale Zwillinge. Nur halb Mensch zu sein war allgemein akzeptiert und galt als normal. Damit sie nicht allzu leichtsinnig aufwüchsen erwähnten ihre Eltern auch nichts von ihrer Unfähigkeit zu sterben.

Vor etwa einem Jahr jedoch, als die beiden bereits junge Erwachsene waren, kam Donna bei einem tragischen Unfall ums Leben. Als sie mit ihrem Verlobten in dessen Werkstatt enthusiastisch zugange war aktivierten sie versehentlich die Tischkreissäge auf welcher sie lag und öffneten so auf blutige Weise ihren Kopf. Zu ihrer großen Überraschung überlebte sie, doch sie hatte sich verändert. Ihren Verlobten verlor sie daraufhin ebenfalls. Es war endlich an der Zeit, dass Jenny ihre Töchter über deren Unsterblichkeit aufklärte. Auch Donna hatte sie noch das Geheimnis ihrer Entstehung zu verraten.

Etwas an ihrer vermeintlichen Unsterblichkeit musste Jenny aber falsch verstanden haben, denn eines Tages stand sie nicht mehr auf. Sie und Brandon Gardener zersplinterten bei einem Transporterunglück.

Inspiriert von den Heldentaten aus der Jugend ihrer Mutter zogen die Schwestern wenig später los. Auch sie wollten maliziöse Kreaturen besiegen und gemeinsam Zivilisationen retten, hatten aber deutlich weniger Erfolg als ihr Vorbild.

Noch bevor sie die erste Kreatur entdeckten oder auch nur eine fremde Zivilisation besuchen konnten strandeten sie auf einem eisigen, verlassenen Kometen. Sie hatten Glück im Unglück, dass rudimentäre Gebäude und eine dünne Atmosphäre vorhanden waren, da vor Jahrhunderten einmal Bergbau hier betrieben wurde.

Nun sitzen sie noch immer hier fest. Es sind schon Monate vergangen, die letzten in Stasis gehaltenen Vorräte sind längst aufgebraucht. Insgesamt elfmal sind die beiden bereits verhungert, verdurstet oder erfroren.

*

„Ich war auf der Nachtseite des Kometen unterwegs und fand einen Subraum-Transmitter mit dem ich ein Notsignal senden konnte. Es wird Dich freuen zu erfahren, dass Hilfe auf dem Weg ist. Ein Frachtschiff des zweiten römischen Reiches ist nur wenige Parsecs entfernt. Sie sagen, sie können in fünf Wochen hier sein.

Ohne Nahrung und Wasser sind fünf Wochen nicht zu schaffen und wir sind hier bereits elfmal gestorben. Mutter konnte den Tod wie Du weißt nur zwölfmal überleben und es erscheint mir sehr wahrscheinlich, dass es uns ebenfalls so ergehen wird.

Dir bliebe demnach noch ein weiteres Leben und selbst damit wird es knapp. Ich bin bereits nach unserer Geburt erneuert worden, mir bleibt keine Chance. Ich kann aber versuchen, Dir zu helfen.

Im Verlauf des letzten Jahres haben wir uns stark auf die mütterliche Seite unseres Stammbaumes konzentriert. Wir ehrten all die Dinge die Mutter und Großvater erreichten und wir erfuhren voller Stolz, wozu die nicht menschliche Hälfte unseres Wesens fähig ist.

Sei unbesorgt, auch wenn ich nicht gedenke, zurückzukehren.

Ich möchte mich nun auf unseren Vater besinnen. Seine Spezies hat eine Tradition, was die Aufgabe der Plazenta während der Schwangerschaft betrifft.

Die Aufgabe der Plazenta ist es, den Nachwuchs zu ernähren…"

Außerdem von Simon Lewis Lanz...

Mein Abenteuer mit dem Doktor

Was war das für ein Abenteuer
Das ich mit dem Doktor hatte.
Er stand an der TARDIS' Steuer,
Ich lag in der Hängematte.

Hinweise

Dieses Werk ist ein Spaß, welcher nur im Kontext zum „Whocast #315 – Jetzt aber schnell!" (www.whocast.de) Sinn ergibt.

Die vorliegende Geschichte wurde mit der suboptimalen Prämisse „eine Fanfiction mit dem Titel ›Nachgeburt‹" binnen zwei Tagen herunter geschrieben, ohne auf besondere Qualität zu achten.

Das Lesen erfolgt auf eigene Gefahr!

Dieses Werk enthält Blut und Erotik. Elterliche Vorsicht ist empfohlen.

Der Selbstrespekt des Autors distanziert sich hiermit von dieser Publikation.

Der innere Schelm des Autors ist stolz auf seine Schöpfung.

Simon Lanz Art 2015